기억하는 손금

오석균 **시집** 기억하는 손금

1판 1쇄 펴낸날 2014년 4월 30일
지은이 오석균
펴낸이 채상우
디자인 정선형
펴낸곳 (주)천년의시작
등록번호 제301-2012-033호
등록일자 2006년 1월 10일
주소 100-380 서울시 중구 동호로27길 30, 413호(묵정동, 대학문화원)
전화 02-723-8668
팩스 02-723-8630
홈페이지 www.poempoem.com
이메일 poemsijak@hanmail.net

ⓒ오석균, 2014, printed in Seoul, Korea

ISBN 978-89-6021-202-2 03810

값 9,000원

기억하는 손금

오석균

천년의 시작

시인의 말

등단하고 17년 동안이나 묵혔는데도
여전히 풋내가 나는 것은
아직도 철이 덜 든 까닭이다

손 대신 날개를 얻은 잠자리는
어떻게 악수를 할까를 생각하느라
지난가을을 통째로 보냈다

두 번째 시집은 그 이야기를 써 보고 싶다

차례

시인의 말

제1부

잠꼬대

꿈을 꾼다 즐거운 일만 한없이 계속되는
아무런 걱정 없고 모든 일 술술 잘 풀리는 기똥찬 꿈을
꾼다 주위의 말 건넴과 소음에 저항하면서
슬픔과 아픔, 후회와 아쉬움 속에 길들여진 몸뚱아리
맛깔스런 음식도 좋은 줄 모르고 불현듯 다가온 즐거움도
내 것 아닌 듯 어색하게 생활해 온 몸
꿈 아니고서는 마음 놓고 훨훨 날아 하고 싶은 일 거리낌
없이 자유롭게 한번 못 해 보기에
오늘도 좁은 자리나마 비집고 앉아 눈을 감는다
생각해 보면 깨지 않는 꿈은 현실 같은 것
눈뜨고도 꿈꾸는 많은 사람들
꿈조차 두려움에 쫓기는 정말 현실 같은 것

비 내리면 차 한잔 마시고 맑은 날은 더 맑게 웃어 보고
가끔은 생각지 못한 편지, 시집 속에 장미 꽃잎 하나 슬
며시 끼어 와 주는 날아갈 것 같은 기분
절대 깨고 싶지 않은
그런 꿈 하나 툭 떨어지는 오늘 하루
영원히 이어진다면

낮달 1

어렸을 적 심하게 앓아
말 잃어버린 우리 아버지
살리려고 독한 약 먹였다는데
동네 애들에게 놀림당하는 아버지가
살아 좋은 것은 무엇인지
말 안 통해 화내고 돌아서면
미안한 표정으로 늘 하시는 말
이따가 이따가

가뜩이나 풍파 많은 집안
늘 손짓과 표정들로 어수선한
조촐한 밥상
아침부터 어지러운 수신호에 헛배 부르고
날 붙잡고 말하는 아버지 외면하고 바라본 하늘가
창백한 달 하나
있다가 가다가

고추잠자리가 있는 풍경

한발 가웃 머리 위에서 날던 것들이
지금은 가슴께 연하여 휘돈다
파 향 가득한 땅에 취함인가
깨꽃 사이 뿌려 놓은 비밀 신호인가
계절을 앞선 바람은 씨감자로 익어 가고
미처 못다 한 인연의 말처럼 낙엽 지는데
마를 대로 말라 버린 빈 몸뚱이
커다란 눈 하나 쪼개어진 슬픔
날아야 하나
날아올라야만 하나
승천을 거부한 날갯짓은 투명하고
없는 손 휘저어 땅을 불러 세우는 기억의 감각
접었다 펴고 다시 접어 보는
주저함 마디로 접히고
식어 가는 대지의 마지막 화톳불로
온몸 구석이 탄다
밤하늘 별
하얗게 될 때까지

흉내 내기

이 세상엔 갖고 싶은 것이 참 많다
이쁜 종아리 빛나는 차 의젓한 표정 맑은 눈에 때론 초
능력까지
길을 걷다 이런 생각이 들 땐 정신 차리고
신호등 잘 보고 건널목을 조심해야 한다

계절이 끊임없이 주물러 대도
속 왝왝거려 게워 올리며 바라본 땅은
시궁창이 흐르는 어두운 동굴 속 낭떠러지 앞 길
춘향이 큰칼 쓰고 기다리는 마음은
한여름 무쇠솥을 녹이는 더위에도 버텨 온 자존심이었
을까

아침마다 쓰레기통에 버려지는 시든 꽃을 보며
꽃병처럼 뒤집어지는 지구가 어지럽다
발 부르트도록 걸어도 종이비행기 날리는 아이 하나 볼
수 없는 아파트촌엔
차 소리 확성기 소리 보일러 시공하는 드릴 소리 왱왱거
리고
아스팔트만 진즉이 녹아 늘어져 있는데

16

그래도 딱 하나 흉내 내 보고 싶은 게 있어서
깊은 밤 굴러굴러
새벽을 잉태한다

죄책감을 없애는 일곱 가지 방법

아직 전기가 들어오지 않았던 의당국민학교 6학년
박석고개를 자전거를 끌고 넘던 우체부 아저씨는
고무신을 들고 집으로 가는 우리를 불러 모아
이웃집 편지를 어깨에 맨 책보에 넣어 주었다

대추는 아직 작고 파래
아카시아꽃은 진즉 떨어진 여름
입과 손가락은 온통 칡뿌리를 씹고 빨고 뱉느라
책갈피에 끼인 편지는 몇 날 며칠 책보에서 잠을 잤다

아침이면 구정물이 소여물로 끓고
감자 먹은 변또 뚜껑으로 잔디 씨가 훑어 들어가면
땡감으로 입 아린 여름이 가고
풋밤 번데기 입으로 긁던 초가을이 왔다

대추도 얼룩 익어 달착지근한 입속에
갑자기 치밀어 오르는 육모초 내음
갈 곳을 잃은 편지는 길 잃은 냇물 속에 젖어 흐르고
애꿎은 팔매질에 밤송이는 머리를 찔렀다

심지 쫄아든 등잔불 대신에 LED등이 켜지고
외장하드에서 불러 보는 행복한 시 한 구절
우체국 창문 앞에 와서 편지를 쓰는 유치환
우체통만 보면 두려워지는 마음

윗겻불 아궁이 앞 졸다가 머리 꼬실려지고
억지로 댕긴 낫 손가락을 찍어 덜렁거리는데
좋은 점만 생각하라, 스트레스 받지 마라
자신에게 너그러워라* 소용없는 허당이네

나는 못 잊어도 너는 잘 잊고
나는 아파도 너는 잘 지내다가
이 글을 쓰는 것은 유리병 속에 편지를 넣는 것 같지**
그리고 바라지
너의 집에 가 닿기를

* "죄책감을 없애는 여섯 가지 방법": 인터넷 참조.
** 앨리스 먼로, 『디어 라이프』에서.

나무

내가 왜 나무야 나는 아니야

커야 되는데 크지도 못하는 내가 왜

새도 아니야 바람도 아니야

하지만 나무일 순 없어 나무는 사시사철 크지 않으면 안 돼

비가 오면 비를 맞고 눈이 오면 다소곳이 흔들릴 수는 있지만

꺾어지고 부러질 수는 있지만

해가 뜨고 져서 삼백예순 밤 다 지나기 전

네 배 속에 검은 줄 하나쯤은 그어야 할 걸

나무는 행운이 없어 최고가 될 수 없어

노아의 홍수 때도 물속에 파묻혀 있고

아무 시집에서나 흔하게 보수 없이 나뒹굴 수밖에 없지

옷을 입어선 안 돼 옷을 입은 나무는 나무가 아니야

한밤의 추위도 맨살로 견디고 나무꾼의 칼날도 맨 정신으로 받아들여야 해

웃어선 안 돼 웃는 것은 나무가 아니야

해도 너를 웃게 못 하고 하느님조차도 너를 웃게 못 하실 거야

더군다나 울어서는 안 돼 찡그려서는 더욱 안 돼

도끼날 앞에서도 초연해야 하고

벼락이 쳐도 무감각해야 돼 스스로 죽을 수도 없어
네 어미가 너를 낳았을 때부터 썩어져 흙이 되기까지
물 위에 둥둥 떠다니거나 갱 속에서 주검들과 조상을 같
이해야 돼
날고 싶다고 크고 싶다고
마음대로 날 수 없어 마음대로 클 수도 없어
너는 나무야 크지 않는 나무야
아냐 나무가 아냐
나무야
나무야

장마

어디 있을까 수제비 그릇 안에
허기진 저녁 해 담아 보내던 어린 시절
아침은 비딱하게 달아진 구두로 비척거리며 아버지를 내
몰고
우리는 그 옆에 서서 어머니의 고쟁이 속주머니가
두꺼비 뱃가죽처럼 터져 나오길 기다렸는데
비가 올 것 같은 날은 없는 우산이 먼저 집을 나섰고
내려다보이는 더러운 발등이 싫어
젖어 오는 바지 밑동으로부터 힘껏 달음박질을 쳐 댔지

흙더미 아래 누워 웃는 마른 가슴의 아버지
아직 이 세상을 어떻게 살아가야 할지 몰라
빈 소주잔을 앞에 놓고 얼마나 그리워하는지 아시나요

떨어져 나오지 않았으나 차단당한 섬
손아귀 가득한 힘으로 부여잡고 버티는 이 순간
당신은 그곳에 출렁이고 바람은 가로질러 지나가는데
오늘도 투덕투덕 걸어와 가슴 한켠을 두드려 대는 소리

오롯이 내려다보는 눈길들

개펄 일기

섬에서 누웠다
섬에서 일어나면
검은 소나무 아래
축축이 젖은 섬의 아랫도리

육지에서 이백 리 마음은 지척이나
버리기 전에 버림받은 가난한 마음들
해만 지면 온 섬이 깜깜해지는
푸른 바다의 감옥

한 점 섬으로 서고자
끊임없이 물살을 밀어내는 이 땅 아래
긴 밤을 노인처럼 견디어야 하는
예고 없이 버려진 자의 뒤척임

선잠 살뜰하게 깨우는 밤 파도 소리 듣다 보면
너를 향한 일렁임이 까맣게 속 타 버린 몸을 흔들어
바다 밑으로 가라앉게 한다
처음 너를 잃어버린 그날 이후

꽃병이 되어

아주 잠깐이야 (그런 것 같애)
이 텅 빈 가슴에 얼마 전부터
멀미가 시작되는 것은
그렇게 울렁이며 젖어 들기는

이제껏 구석에 처박혀 깨어지고 먼지 쌓여
곧 무너질 것 같은 바스러짐에 목이 타들어 갔는데
바람보다 더 삭막한 눈길
하루가 멀다 않고 변덕스런 손길들
사그라진 목숨 같은 육신 위에
우연처럼 아주 우연처럼 비가 내리고
내 안에 파고든 싱싱한 꽃 몇 송이
온몸을 푹 담그고 잠을 잔다
가끔씩 깨어 웃기도 한다

질긴 목숨
차라리 그리운 땅의 인연 같은 것
잉태의 고통으로 멍들어
말라붙은 가슴팍에
뭐 하나 쓸모 있다 물을 붓느뇨

잠시간의 달콤함이 잠처럼 쏟아진다

언젠간 뿌리째 뽑혀지고
다시금 말라 들어가는 고통을 맛볼 텐데
목구멍 속으로 파고드는 내시경 줄처럼 더더욱 고통스
러울 텐데
숙명처럼 하늘을 향해 벌어져 있어
할 수 없이 터진 목구멍 위로
마구 세상이 피고 지는데

꽃송이 하나
내 귀에 대고 속삭인다
좋아한다고
사랑한다고

여름, 시지프스의 고뇌

그해 여름 두 손 찌른 채 방황하던 내 청춘
정석과 종합영어로 다 찬미하지 못하던 신의 마음 헤아려
비 내려 차가운 아스팔트를 걷고 또 걸었다
은밀히 가꾸어 오던 수음과
막걸리에 취한 목소리로 휘저어 버린 시와 노래
밤은 최루탄보다 더 몽롱하고
그리운 마음들을 대신하던 변증법적 자학의 이중성
기다리자 오늘이 가면 결코 오지 않겠지
참을 수 없는 배고픔과 참아야 하는 권위를 혼동하면서
가장 힘든 것을 어떻게 미워할지 몰라
사랑을 말로만 풀어 버린 구호의 외침
신들은 시지프스를 용서할 수 없을까
천년을 헐벗고 굶주리는 것도 모자라
천대와 조롱 가득한 거리에서 다시금 무릎 꿇게 하는 걸까
애초부터 용서는 사랑 가득한 자의 몫
천년을 돌 굴려 살아왔던 것이
기회를 주고자 했던 애틋함은 아니었을까
숨죽이며 돌아앉은 강가로 걸어가 보았을 때
때늦은 목마름으로 비가 내리고
새는 풀숲에 앉아 젖은 옷을 벗는다

바람의 노래

어디 잠 청할 곳 찾아
푸르게 푸르게 달려온 길
안개에 씻긴 목과 손등이 희다

혼자 산을 오르내리고
긴긴 강줄기를 따라 젖다 보면
불거져 나온 싸릿가지 뒤엎어진 풀뿌리
끝내 떨쳐 버리지 못하는 부끄럼투성이
울컥 솟구쳐 흐르고 서툰 걸음으로 날아가다
만나는 사람 가슴팍 한켠에 조용히 쌓아 놓고 다시 가 버
리는 기억 한 자락

비가 오면 나무 잎새 사이 숨어 기다려
지난가을 두고 간 새똥 같은 낙엽 보네
귀가 없어도 듣고
말이 없어도 이야기할 수 있는 느긋한 순례여

나·남 없이 눈감고
무릎 깊숙이 잠기는 한기 속에서도
지치도록 웃어 보았으면

제2부

서울 1882

무교동을 지나 청량리까지 삼십 리를 걸었다
햇살 아픈 한나절을 술 취해 비틀거리며
낯선 여인의 어깨와 두 번 부딪히며 걸었다
포장마차에서 오르는 따뜻한 김과
도시의 아스팔트 속으로
육십 리를 걸었다

스무 날의 진통을 기다려 쏟아진 비에
땅은 울고 또 울었다
두꺼비 뱃가죽 같은 저지대엔 검은 물이 고이고
잡초는 시름없이 넘실거렸다
또알거리는 물방울은 아낙의 눈에 흐르고
흩어진 살갗은 모래 속에 묻히어
사나흘을 기다려 더 쏟아진 비에
바람은 그렇게 말이 없었다

노숙하는 시 1

길은 외롭다
흔들리는 사람 흔들리는 풀잎
흔들리는 불빛 아래
흔들리지 않은 길은 외로워서 서럽고
서러운 그 길이 가슴속에 찬 서리처럼 내려앉는다

잠을 잔다
자다가 만나는 고향 집 천장
꿈속에 들리는 이웃집 말소리
담요 틈으로 가만히 들어와 어깨를 두드리는 바람 소리
빗속에 무너지는 가슴 한켠

이 가을 하늘 아래
길이 울고 있다

노숙하는 시 2

하루 종일 걸어도 빈자리가 없다
고단한 등뼈처럼 가파른 고갯마루
길옆에 쭈그려 앉으니 어깨 살이 떨려 온다

어제는 옆에 자던 사람이 일어나지 않는다
한자리에서 나뉜 삶과 죽음의 길
눈뜨고 있는 사람 옆에서 눈감아 버리듯
눈감은 사람 옆에서 눈을 뜬다
펄럭이는 신문지 속에
하루가 저물어 간다

공장 굴뚝 연기로 더욱 붉은 노을은
아직 갈 길 먼 예순여덟 울 엄니 손가락의
으깨어진 젖 봉숭아 꽃잎 무덤

노숙하는 시 3

수업하다 반쯤 숙인 채 졸구 있다

감기는 눈
흐려지는 글씨
망막 너머로 뒤집어지는 우주

엇비슴히 지나는 햇살이 엿보는 줄 모르고
흐르는 침과
위태한 어깨

이유를 모르는 채 흐려지는 중심이
자전축처럼 굽어져 가고 있다

가을 아침

이렇게 몸서리치도록 추운 밤이면
아직 가을이 조금 지났을 뿐이라는 말이 어색해진다
하루 세 끼 걱정 없이 먹을 수 있는 삶이라는데
오가는 말들은 총, 칼처럼 아프고
TV 화면은 수시로 지옥을 연상케 한다
뭐 그리 대단하다고 한쪽에서는
며칠 굶은 거지처럼 먹을 것만 선전하고
그렇게 좋은 약이 많은데
병원은 늘 기다리는 사람들로 붐비는가

한여름 놀고 간 자국마다
끙끙대며 일어서려는 풀잎 마디의 안간힘 속에
없는 자들은 설움으로 눕고
늘 다가오는 것은 화해할 수 없는 침묵
올해도 반복되는 저들의 축제
밤마다 꿈속에 나타나 우는 죽어 간 계절의 한풀이
여전히 신은 못 박혀 있고
피 흘리는 계절의 어깨 위에
소리 없이 서리 내리다

꿈속에 흐르는 강

깊은 밤에도 잠들지 못하는 소리
주워 담을 수도 내버릴 수도 없는 가슴속의 돌
쌓이고 쌓여 흐르는 강둑에 앉아
손을 담근다

언제 한번 강물이 멈추려나
손 씻고 미사포를 쓰고 그대 앞에 무릎을 꿇으면 이 밤이
환하려나
아린 마음 매달려 한밤중 강물에 돌 던지면
갈라졌다가 다시 합쳐 지나는 못난 욕심의 역사
점철되어 온 체념

몸으로 서걱대는 풀 사이로 풀 바람 소리 세차게 굽이치고
찬 서리 섞여 내리는 곳마다 벗어진 뱀 허물 같은 육신들
벗어도 벗을 수 없는 멍에

같은 욕망에도 너는 웃고 나는 울고
잔잔히 흐르는 강은 용서하라지만
정작 용서하지 못하는 자는 내가 아닌데

비

쏟아진다 유리창에
어린 손때 하나 지우지 못하면서
두렵게 내리꽂힌다
지켜 내지 못한 꿈 위로

배불리 먹는 꿈, 좋은 세상 사는 꿈, 약속할 수 없는 꿈
형식은 언제나 형식으로 남고
텅 빈 공간 흐르는 물줄기마저
내 것 아닌 남이 되어 버린 지금
풀 한 포기 자갈 하나 이제 우리의 것은 없다

메마르기만 한 땅 위로 배를 띄우고
저 멀리 나아가 그물을 드리워도
깨어 보면 하늘은 높아 가고
한낮의 악몽으로 소스라치게 놀라 깨는 젊은 어부
빈손 땀으로만 고인다

끝내 한 손바닥마저 스스로 비 내리지 못한 가슴들
이 메마른 땅 위에
깊숙이 내리꽂히고 있다

낙화

누가 봄을 피어나는 계절이라 했던가
열리는 것 또한 아픔일진데
기쁨으로 피어나 쓸쓸함으로 지는 생을 바라보며
황홀함 잠시 떨치고 가 버린 사람처럼 애닯다
숨 멈춰진 그 순간에도 지는가
지고서 다시 필 수는 없는가
영영 돌아올 수 없는가
온몸으로 빌고 또 빌어
시간의 흘러감조차 용서 빌어야 하는가
축복도 아니고 그 아무것도 아닌
빼앗고 쌓아 두는 손길 속에서 처연하다가
살아서 더 가벼운 빈손 되어
손 놓고 가 버린 순간
숨도 쉴 수 없어라

눈길이 머무는 곳곳마다
때아닌 눈들이 무수히 온몸을 쏟아 내고
투덕투덕 곡소리 울리는 빗방울 아래
일렁이는 마음들이 피어오르고 있다

봄밤

달팽이 같은 도시의 메마름 위
계절 가늠할 수 없는 비가 내리면
두 다리 길을 버리고
세상 경계에 선다

마음이 간절하면 꼭 이루리라는
돌아가신 할머니의 희망 같은 것
그리고 추억 몇 자락

잘폭한 습지에 갈대 좌우로 눕고
저녁이 되면 하루 종일 밟혔던 죽음이
그림자로 되살아나고
산 자들은 새벽이 올 때까지 숨을 죽인다
견딜 수 없는 침묵을 마신다

죽어 간 마을 한 귀퉁이에서 피어나는
젖 내음 침 내음
밤을 통해서 새로이 피어나야 하는
봄의 숙명 같은 것

섬의 고백

나는 지금 섬에 있다
오천 년 전에 이곳은 바닷속이었을지도 모르지
그때도 이곳은 섬이었을까
나의 말이 네 귀에 웅얼거릴 때
그때 내가 섬이었을까
너의 말이 내 세계를 비껴 날아갈 때
그곳이 섬이었을까

사랑한다는 말로 군림하려는 자들과
위하여 가르친다는 말로 자신을 방어하려는 자들
온 대지를 가로막고 물살로 자르는 바다에서
떨어져 나오지 않아도 차단당한 섬
외로움 가득한 섬이 아니고
저 멀리 혼자 출렁이고
다가갈 수도 다가오지도 않는 섬
갈매기도 보이지 않고 나무 그늘도 말라 버린
이발소 그림 같은 섬
너는 섬이 아닌가
나는 섬이 아닌가
어디로 흘러야 섬이 아닌가

고추를 다듬으며

벌레는 매운 내 속에서 더 판을 친다고
고추를 다듬으며 할머니는 말씀하셨네
그 많은 고추들 중에 진정 맑게 익어 붉어지기는
장맛비 속에서 바싹 마르기보다 더 힘들다고
징그럽게 병들어 축축 처져 버리는 물 간 고추 사이에서
눈 까뒤집고 달려들어 악악거리며 살다 보면
오히려 피맺혀 아름다워질 수 있노라고
뜻밖에 맑은 고추로 빛날 수 있노라고

붉고 푸른 놈들, 붉다 만 놈들
저마다 고춧잎 속에서 배를 가르고
퍼질러 떠드는 우리네 세상
피는 물보다 진하다지만
물에 씻겨 흐르지 않으려 마디마디 피칠 붉어진 고추가
한 계절 익어질 대로 익어진 저마다의 아픔

가을 한 소쿠리 담아 이고 가는
주름진 할머니 한 해의 가슴 저림이
저무는 하늘빛으로 붉어져
흔들리며 운다 소리 없이

금강

깨어 흐른다 모래 속
연약한 살 부비며 되돌아보며
생각해 보며 깨어 흐른다
흐르다 보면 어느새 깊은 땅속에서 혹은 높은 산 위에서
고주몽도 지나고 온조 비류도 지나고
안갯속에 용을 잉태하고 발가락에 인간을 담아
황혼이 되면 흰옷 입은 사람들이 떼 지어 나이를 먹고
흐르다 보면 박혁거세 말발굽 소리 말발굽 소리
가엾은 몸으로 뜻을 세우고 모래 속 깊숙이 깨어 흐른다
일찍이 태조 왕건은 고려를 세우고 송학에 도읍을 정했
거늘
그때는 산 좋고 물 좋아 사람들의 입가엔 근심이 없고 새
들의 머리엔 두려움이 없었는데
흐르다 보면 모래 속 연약한 살들도 피곤치 않고 아들딸
낳고 잘살았는데
문득 깨어 흐르다 둘러보면 점점 좁아지는 인간세계
때 없이 버려지는 주체 못한 의미들 연약한 살로 흐르
는데
문득 깨어 보니 계절이 가고
차가운 비 살로 맞으며

뒤돌아보며 뒤돌아보며
깨어 흐른다

그대 죽음 앞에

오늘도 나는 그대의 죽음을 꿈꾼다
뜻밖의 사고
못내 가슴 저미는 아픔
간절히 소망하는 두 손 위에
몇 장의 꽃잎이 떨어지고 있다

살아서 한세상뿐이라지만
무엇 하나 건져 보겠노라고 발버둥 치며 살아왔는데
점차 파도는 거세지고
일렁이는 물살 위에 떠 있는 당신은 침몰한다
조금씩

가슴 아리는 햇살
뽀얀 나뭇잎 위로 울컥울컥 토해지는 미련 같은 욕심
한숨의 칼날이 휘둘러지고
용서하지 못하는 응어리가 된다

점차 옥죄어 오는 벽과 인간들
짐승 같은 기계들 앞에
눈감아 한세상

질끈 끝내 버릴 수 있다면

아이들이 돌아간 놀이터에 혼자 남아
별도 보이지 않는 하늘
의심 찬 눈초리로
훑고 지나는 시선을 본다

내가 할 일은 그저 종이비행기 하나로 나는 것
날다가 바람에 솟구치든지 방향을 잃고 빙빙 돌든지
가엾는 속도로 쑤셔 박혀도
시간이 흐르고 흐르면 남은 것은 산 자의 몫

이 세상에서 가장 사랑하는 그대
온갖 것으로 다 채워도 못다 할 그대 향한 내 사랑
내 두 발을 지탱해 주는 나의 어머니
나의 뿌리여

오늘 그대 죽어
이슬처럼 말갛게 씻기워진 채
종달새처럼 맘껏 편한 마음으로 우짖을 수 있다면

그대 목을 죄고 있는 내 두 손이
마음이
편할 수 있으리

타작마당

서풍이 가려진 빈 가지에
작은 새들 나란히 달려 있다
그리고
떨림

있어야 할 자리에 있지 못한 설움보다
있지 말아야 할 것이 이어지는 구토가
하늘을 얼리고 있다

낮달 2

나 미처 깨닫지 못하는
사월의 가난한 몸짓 아래
상처 하나 없이 용서한 하늘

간간이 목말라하면서도
아무것도 소유치 못했던
재뿐인 가슴

삶의 여정 속에
지나간 많은 새들

마지막 눈길 스치는
하늘 모퉁이

제3부

첫눈

이 땅에 뿌려지는 저 하늘의 웃음
너무도 오랫동안 위협과 폭언으로 타 버려
처진 어깨를 한숨으로 간신히 지탱하는 이 땅
손바닥 하나만큼도 아닌 온통 눈 닿는 곳마다
펄펄 날리며 발랑 누워
눈길 닿는 곳마다 무수히 쏟아져 내리는 새 생명들
노인들 잠시 죽음의 냄새를 거두고
어린이는 가장 어울리는 웃음으로 마당을 채우고
여자는 섬세함으로 눈을 맞추고
남자는 흐뭇함으로 술잔을 든다
바람 다시 불고 옷깃 여미게 하여
잠시 아주 잠시
시간을 잊고 나를 잊는 이 시간
하늘에서
시가 내린다

가을이 사람에게

생각 없이 지나는 바람을 위해
계절은 온 세상 나뭇잎 불살라
저마다 다른 얼굴로도 행복해질 수 있는가 물어봅니다

나는 기억하고 싶지 않은 상처와
손바닥에 만져지는 주름살을 보며
저마다 다른 얼굴들로 어떻게 사랑할 수 있는가 물어봅
니다

만남과 이별이 저마다 아픔으로 뱃전 두드리고
기억하고 싶지 않은 섬의 외로움과 떠난 뱃전의 무모한
일렁임이
별빛 아래 오돌오돌 떨면서 묻습니다
얼마나 더 고집스럽게 푸르러야 하는지
얼마나 더 멍하니 하늘만 바라보아야 하는지
바람을 막고 서는 나무들 일렁이는 바다를 보며
흐린 하늘 아래 내 몸 곳곳 물들이며
얼마나 너그러운가 물어봅니다

잔잔한 모습 속에서 잠들지 않고 온몸 별 받는 바다

나이만큼의 너그러움 고집스럽게 푸른 들판 언덕 곳곳
저마다 선홍 노랑으로 물들어 숨 쉬고 있습니다

산사의 오후

부딪혀 멍든 지난한 산자락 너머
해는 유행처럼 제 모습을 감추고
그 흔한 법구경 하나 없는 대웅전 앞 계단
도피처럼 산을 찾아온 다리의 휴식이 꺾인 채 떨리고 있다

한 번도 사랑받지 못하고 살아가는 고단한 불상의 어깨는
황금 속에 굳어 있고
빈손 열어 보인 두 손엔
오늘 하루에 보태진 욕심들이 가지를 치고 있었지

나 위해 기도하지 못하면서
남 위해 축원을 하고
당신을 위해 참배하지 못하면서
나를 위해 아침을 열었나니
너무도 청정하지 못한 존재여

눈 들어 바라보는 담 너머로
언뜻 스치는 여승의 뒷모습
정갈한 비워짐을 바라보며
가슴속 일렁이는 북소리 듣는다

자운봉에서

꿈에 홀린 듯 오르다
오래 익은 흙 다가와 내 몸을 털고
구름은 멀찍이 물러나 새들을 쉬게 한다
산을 오르는 자는
젖은 나무 냄새를 알기 때문
비릿한 날것의 향취
저 혼자의 힘으로 사랑하고 생산하던
그 힘과 좀 더 가까이 있기 위해서
어제를 못 잊는 이 내려보내고
오늘을 딛고 서는 이 다가오라 하는
삶과 죽음의 용마루
붉지도 푸르지도 않으며
머물지도 떠나지도 않는 자리
굳셈과 너그러움 성과 속의 경계
떠나는 모습 붉게 감추며
뒤돌아 덮어 가는 옷자락 그늘 아래
오늘은 너로 인해 한 마음을 본다
온기 담아 흔들리는 가지 하나

가을 산행

떠난 줄 알았던 가을이
비바람 섞어 치는 십일월 북한산 너머
나를 기다리고 있다
참아 왔던 욕망과 설레임을 핏빛으로 뿜어내며
화가 난 건지 부끄러운 건지
젖은 나뭇잎 냄새 피워 올리며
손가락 같은 길목마다 바튼 물소리 고랑고랑 울려
지나온 계절 하나하나 이름 부르고 있다
부르면 다가오는 사람처럼
그렇게 불러 존재케 할 수만 있다면
나도 너 불러 여기 가슴속
부르면 있어지는 기억처럼
하루 스물네 시간 잠들지 않고 손잡으리
계곡 물소리 같은 이 그리움을 함께 들으리
태초에 있어 온 약속처럼

떠나는 것은 가을이 아니라 참지 못하고 돌아서는 사람들
단 한번도 원망하지 않고 잠든 척 혹은 꿈꾸는 척
가을이 바람 목욕하며 거기
그렇게 서 있다

한계령에서

번듯한 직장과 가정
그리고 재산이 한꺼번에 사라진 뒤
갑자기 발밑에서 벼랑을 보았다
죽음이 아니어도 때 없이 오고 가고
고통이 없어도 참기 힘든
돌이킬 수 없는 잘못
생각할수록 커지는 암 같은 것
바람은 옛날부터 불고 있었지
다만 그때는 알지 못했을 뿐
갑자기 세상이 사라지고
기운 빠진 무릎 밑으로 후회만 켜켜로 쌓인다
내리누르던 바람 용솟음친다
발밑에서 흙들이 하늘을 날아오르고
없던 마음이 방향을 잃고 흩어져 간다

산에 올라서 산 자의 경계를 본다
경계의 그림자를 본다
죽음 앞에서 춤을 추던 그리스인 조르바를 본다
한계
그 너머를 본다

추수

해 멀어져 가는 계절 모두 일어나
기나긴 시간 속 습관처럼 버려두었던
껍질을 벗다

격정의 노도가 물밀 듯 뒤 찾아오는 것은
용서할 수 없는 자들을 용서하기 위하여 피어난
새들조차 날지 않는 가을
녹두꽃처럼 푸른 하늘
참고 견디어야 할 갈증
헐벗은 몸 가리지 않고 꺼져 가는 등불 아래 지키는
전야의 적막
날마다 세뇌되었던 그리움을
거부하는 오늘
햇볕 많은 들판의 껍질 앞에
삽과 곡괭이를 들다

외로운 사람들은 고구마를 심어야

외로운 사람들은 고구마를 심읍시다
불리려 해도 더 이상 불리지 않는 마음
소중한 고구마 하나를 물에 불려
운명처럼 땅에 묻고 돋는 싹을 떼어
꼿꼿해서 다치지 않도록 조심스럽게 뉘고
거름 없으면 물만 주어도 단맛과 뽀얀 살결
굶주린 가슴에 넉넉한 요기가 되는
수많은 별빛으로 돌아오리니
붉게 단풍 들어 서러운 가을
그 아름다움을 위해 잎들 지고
창백한 서릿발 아래 오만함 한없이 스러져도
오직 고구마 같은 사랑
스스로를 토막 내 가지 치는
외로움도 안아 심는 사랑
내 씨로 자라나
우리의 시로 불어나리니
희미한 달빛 아래 마음이 진정 외로운 영혼들은
저마다의 상처를 모아 고구마를 심읍시다

달래 연가

거세게 부는 바람도 산에 들면
이마를 되짚어 내려가
산의 우묵한 가슴을 열고
잠든 강아지처럼 새근새근한데

바다가 보이는 통신대 뒷산
새우젓처럼 모여 있는 솔가루 이불을 헤치고
복수화 지장가리 둥글래 사이
곱상하고 가는 달래 한 움큼
돌덩어리 나무뿌리 사이로
연하고 가는 촉 새큰하게 향 뿜어 대고
잘록 뿌리를 맺어 꿈 담아 두고
그리움도 담아 두고

관광객 배 닿는 선창을 넘어 골짜기로 고랑으로
바람이 자는 곳으로 숨어드는 아이들
잃어버린 부모의 정과
텅 비어 버린 하루의 시간
가시나무 넝쿨에 얽어 놓고 오늘은
봄 향기에 그리움을 달랜다

내가 산을 사랑하고서

바람이 거센 날이면 너를 찾는다
멀리서도 나직이 바라다보이는 살풋한 선잠 같은 것
상처 입은 어린 새, 작은 들짐승 하나
부드러운 속살 안쪽으로 끌어들이는 풀섶 같은 것
다가갈수록 부끄러워 감추었던 치마 조금씩 들어
오르라 어서 오르라
좁지만 폭신한 길 그늘로 멍을 지우고
오직 나만을 위한 꽃비 머리 위에 붓는 것
거센 바위로 몸 비틀어 샘을 지키고
때론 새를 불러 봄싹 키우며
날마다 피 흘림에 의해 검게 변해 버린
가장 아름다운 살갗 같은 것
수많은 젖꼭지 매단 솔가지 아래
작지만 큰 벌레들의 신전 같은 것
내가 너를 사랑했나
너도 내가 아닌데 나를 만나 울었나
가슴속까지 빗질하던 바람과 함께
가지런한 등성이 따라 거니는 바람 같은 것
검은 밤
깊은 산이 비로소 숨소리를 낸다

은어

악몽을 꾸고 난 후의 아침 등허리는

피가 솟는 것 같다

수없이 모른 채 스쳐 가면서도

부릅뜨고 지나가는 눈, 눈, 눈들

이유 없이 먹고 먹히는 바다에

남는 것은 죽은 자의 시체뿐

입안엔 먼지가 켜켜로 쌓이고

떠오르는 열망과 내리누르는 작살

모천(母川)을 찾아가는 대중의 회귀(回歸)와

치르락치르락 스치는 바람 속에

오늘은 꼬리지느러미가 무척이나 고단하다

바다를 안다는 것은 바다를 느낄 수 있어야 하는 것

이제는 바다를 헤매다 강으로

강을 거슬러 냇물로

거센 물살과 폭포 아직도 열어 보지 못한 거스름의 이유

속에

온몸이 숨 가쁘다 계속되는 악몽

실제로 달려드는 흉물스러운 고기가 없어도

무작정 헤엄쳐야 하는 곤한 나날이여

그 무엇이 나를 기쁘게 하고

그 무엇이 나를 마주 보게 하나
햇살 따가운 오후
모두들 저마다의 사랑으로 배신으로
가라앉고 있는 하늘 아래
가을은 석류처럼 붉고
그 속에 뿌려지는 새 생명의 씨앗들
몸이 열리고 있다
바다가 열리고 있다

말의 이유

나의 몸짓은 너를 잠에서 깨우고
우리의 언어는 땅속을 기어 나오는 굼벵이가 되어
바람이 흩날릴 때 껍질을 벗고
어느 한구석에 자라는 나무가 된다
가슴이 뜨거울 때
우는 자와 함께 우는 자가 되려 했던 우리는
시들지 않는 파수꾼이 되고자
밤잠을 하얗게 새우기도 한다
가슴속에 밀려오는 땅거미 같은 그림자보다는
어쩔 수 없이 사랑했던 말의 이유가 있어
시는 죽지 않고 하늘로 날아가나 보다
이제 맞잡은 두 손이 뜨겁기에
흩어진 열기를 모아 취하고 싶다
아니 학대라도 하고 싶다
네가 맑은 시를 읽을 무렵
별도 없는 새벽
성성한 눈발이라도
내려 주었으면 좋겠다

산길을 걸으며

시간을 한 덩이 덜어 내어 침묵을 샀습니다
헌 책장 넘기듯 바람이 나를 빗어 댑니다
해 질 녘 뉘엿뉘엿 돌아가는 길로
다시금 출렁이는 그리움의 바다에 떠밀려
몸이 부르르 떨립니다
알록달록 접었다 편 책갈피 속에 잠자던 꿈
그간 잘 있었냐고 묻습니다
희망 저쪽은 두려움이냐고 묻습니다

송진 향내 가득 풍기며 솔방울이 후드득 떨어집니다
가리웠던 풀숲에 샘물 소리가 들립니다
치마를 들추어 안아 주는 가슴에 안겨
나도 그늘이 됩니다

별들도 하얗게 타 버린 하늘
새 밤이 피어오릅니다

제4부

봄에 쓰는 편지

비가 오기 전의 흐려짐 같은 것
그 흐린 하늘 아래 숨는 나무 같은 것
나무에 매달린 두어 방울의 물방울
그 물방울을 흔들고 지나가는 실바람 같은 것
풀뿌리 냄새 물씬 나는 밭둑에 엎드려
썩어진 아버지의 시토(屍土) 흙 한 줌 쥐고서
거의 나이 마흔에 살랑거리는 봄바람 아래
갓 난 적 손주먹 흉내 쥐엄쥐엄 해 본다
싫증나지 않는 물소리 빗소리 그리고 바람 소리
내 가슴속에 흐르는 눈물 같은 것
아직 채 가시지 않은 실팍한 추위 한없을 것 같기도 하고
눈 꼭 감고 기다리면 나른하게 뱃속을 채워 줄 졸음 같
은 것
하늘은 비를 촉촉이 내려서 비워지고
대지는 풀꽃들을 피워 올려 넓어지는데
온갖 오물과 파고드는 물줄기 뿌리치지 못하고
그저 끌어안고 출렁이는 바다 같은 것

오늘은 어디 예쁜 섬 하나 만나 볼거나

봄 바다

온통 말라 서걱이는 가슴들
삼월 보름쯤 바다에 오면
비취빛 연초록을 본다

소나무 생솔 잎이 안개에 푹 젖어 연하여지고
하늘빛도 따라 밝아지면
계란의 온기처럼 햇살도 따스해지고
오후 바람이 사르락사르락 동정을 베푼다

때맞춰 통통배 지나는 바다
솔·바람·안개 색 연푸른 웃음을 웃고
바라보면 눈알이 다 시원해지는 반투명한 생소나무 숲
굳어져 덜그럭거리는 바위 사이로 다시금 열리는 하루

인연 삐걱대며 지나는 배와
이승에서 저승 날고픈 새들
조용히 바라보는 만큼
푸른 세례가 쏟아진다

바다가 보이는 학교

사랑은 아름다운 거라고 말하지
설레는 거라고도 하지
바다를 보면서 그윽하게 출렁여지는 마음과
그 푸른 바다를 즐길 여유를 사랑하고 싶어 하지
모조리 썰물로 물러가 허전함과 자책만 남은 개펄 위
그물에 걸려 퍼덕이다가 숨죽이는 고기 같은 애들
멀리서 다가왔다가 못 미쳐 되돌아서는
비늘 하나 툭 떨어진다

다가섬이 없으면 물러섬도 없지
봄이 되면 배 타고 도망가 철 바뀌어 돌아오는 아이들은
잠드는 육지 어느 곳에서 밤마다 일렁이는 바다를 그려
보았을까
버려진 복도 귀퉁이 조잡한 학생 작품 위로
쌓이는 비릿한 먼지들

부담 주고 싶지 않았어 그냥
공책에 몇 자 적어 놓고 싶었을 뿐이야
꽃을 본 사람은 산으로 가고
사람을 본 사람은 제단 앞에 무릎을 꿇고 신에게 기도하

지만
　　그냥 너의 하굣길에
　　지친 어깨를 만져 주는 바람이고 싶었어
　　식어진 자취방으로 돌아가는
　　너의 서늘한 이마를 빗기고 싶었어

　　많이 아팠니
　　평소에는 농담도 잘하고
　　항상 웃을 준비를 보이던 네가
　　결국 거센 바람 앞에 눈물을 보였니
　　잠시 즐기다 떠나는 사람들의 화려한 옷차림 보면서
　　차라리 안개로 부서져 버리고 싶었을 거야
　　한 사나흘 폭풍으로 배도 묶어 놓고 싶었을 거야
　　집 나간 애들처럼 네 마음도 한없이 길거리를 따라 돌고
있겠지
　　계절은 바뀌고 달래 향은 산에서 몰려나와
　　분필 잡은 손 간질이는데
　　오늘은 진말고개 너머 밭에 누운 냉잇국이라도 뽀얗게
끓이고 싶다

처음에는 머리도 안 감고 오더니만

냉이 쇠어 버린 밭둑에 솜살거리며 피어오르는 아기 쑥

처럼

얼굴에도 봄이 피어 오는구나

작고 통통한 채로 옴싹거리는 해당화 보며

이리저리 눈길을 돌리느라

선생님 말씀도 톡톡 차 버리면서

교실마다 차오르는구나

오르는구나

마주 보기

덕적고등학교 3학년은
학생이 한 명이다

교실은 반 칸짜리
책상 하나 마땅히 둘 곳 없어
창가에 붙여 놓고서 일어서 인사를 한다
김정아!
네!
갑자기 할 말이 없어 얼굴을 마주 보고 멀뚱거린다

돌아서면 넓은 칠판
숫제 창밖을 보면
솔밭에 모여 있는 소나무 몇 그루와
부드러운 양팔 아래 흐르는 안개

우리는 매일
곁눈질로 사랑을 한다

새벽 기차

밤하늘을 향해 돌아누운 서러운 이야기
가슴을 박차고 달리는 인연을
우리는 시작이라 한다
혼자 태어난 목숨이 어쩌다
혼자로는 살 수 없는 간절한 마음을 지녀
무수한 바퀴를 밀고서
생전 만나지도 못한 바람을 찾는가
어디에 있을까 나의 하루는
폐허 같은 어둠 속 손으로 더듬으며
막장 같은 길 위에 버팀목을 집고 서는
성에 낀 창밖으로 멀어져 가는 별빛들
허공중에 바람이 떠나간 자리
그 후에 누가 또 있어
이 어둠 속을 떨며 달려간 우리의 이름을 불러 주려나
땅에서 사람에서 짐 보따리에서
고단한 아픔이 기적처럼 울리는 곳
길은 여기 남겨지고
내리는 빗속에서 연기는 산불처럼 피어오르는데
흔들리는 지축을 밟으며
새벽을 달린다

수영을 하며

물속에 잠기면 온몸을 감아 드는 부드러움이 나를 받치고 흐른다. 팔을 헤집고 발로 차 버려도 어느새 떠받치며 밀어 준다. 마음 가고자 하는 곳으로

유리 안경 속의 눈알 굴려 이리저리 돌아보면 살을 타고 흐르는 물들의 자태, 나의 뻣뻣함을 흔적 없이 감추는 맑은 외투

숨 멈추고 깊이 잠기면 처음엔 답답한 듯하나 어느새 살 갗 곳곳 파고드는 몽글거림. 있는 듯 없는 듯 받쳐 들고 움직임 하나하나에 반응해 주는 작은 거울들

숨을 내쉴 때마다 뽀글뽀글 방울들이 얼굴을 간지럽히다가 힘차게 팔을 당겨 온몸을 앞으로 밀면 거침없이 밀어주는 넓은 어깨. 두 팔의 움직임을 마냥 자유롭게 하고 두 다리의 움직임에 웃으며 천천히 따라오는 또 하나의 대지. 허리를 유연하게 파고들어 감기는 손길들

다시금 입술을 스치고 지나는 파도의 지느러미, 솟아올랐다가 바로 다시 평등하게 가라앉는 영원한 물밑 사회주의 제국

감꽃 통신

감꽃이 피었어요
빨래를 마치고 나와 보니
마당가에 노란 감꽃이 흘러내리고 있었어요
아직 집 옆에 송글송글 익어 맺힌 오디도 다 못 주웠는데
쨈도 한 병밖에 못 만들었는데
이제 나의 눈을 감꽃으로만 향하라고
자기만 바라봐 달라고
감 잎사귀 뒤에서 얼굴을 내밀고 있어요
움직이는 것이 사랑이라고 하지만
이곳 덕적도에서는 움직이는 것이
밤하늘 별빛과 파도 소리뿐인데
이젠 밤새도록 헐떡대는 개구리 소리도 즐겁게
모두가 지고 난 유월의 별빛 아래
익어 가는 감꽃을 주워
보내고 싶은 사람의 이름 부르며
바다에 던지렵니다

안개

비 오는 날 남산에
안개가 쏟아져 내리고
잠수교 저쪽
싸늘한 지평선
바람 불어 감싸는 칼날 앞에 옷을 벗는
나는 손금 사이 길을 찾고
허황된 잡목림 사이 젖은 포도와
무수한 굴뚝 너머로 바라다보이는 도시의 잔해
혹은 불타 버린 꿈

언젠가 돌아올 아이들의
젖은 몸을 위해
두 손에 감싸 안은
얼음장 같은 시선으로 견디어 온 시간의
가장 가까이서 만난 새벽

그대 듣는가
쏟아지는 안갯속에 퍼덕이는
아이들의 함성을

바다

그대는 항상 내 곁에 있다
아주 조그맣게 주머니 속에 감추어지고
때론 겨드랑이 속에 숨어 버리는
솜털처럼 작고 가벼운 모습
밤이 되면 내 앞에서 큰다
불어도불어도 터지지 않는 고무풍선
가슴을 불어 하늘로 올린다
하늘에서 그대를 만난다
천지를 뽀얗게 만들어 놓고 산산이 부서져 내리는 그대
곤두박질치며 조각난 시신 앞에
그저 바라보고 있는 갇힌 내가 있다
가슴에 우물물을 길어다 붓는다
발가락 끝에서 배꼽 가슴 목 턱밑까지 가득 채워
출렁이며 노래하며 뒤집어지며
죽음을 조상하는 수많은 새와 바위와 바람이 춤을 추고
목 놓아 운다
재만 남은 그대의 시신 속에서
조그만 뼛조각 하나를 보듬고 돌아온다

그대는 항상 내 곁에 있다

약간의 새소리뿐 빗소리는 비 올 때뿐

호숫가 잠겨 있는 나무 그림자 사이로
물그림자 하나둘 왔다 갑니다

나는 뒤에서
결코 보지 못하는 곳에서
당신을 안았다가
입김을 불곤 합니다

조그만 바람 하나 다가와
물그림자를 몰고 갑니다

불어온 바람이
당신의 뒤 머리칼을 들어 올려
맺힌 땀을 씻어 주면
나는 당신의 머리칼을 만져 봅니다

바람에 밀려온 물그림자가
또랑또랑 소리를 내며
자지러지게 웃어 댑니다

바람에 떨어진 꽃잎 하나
당신의 어깨 끝에 매달려
작은 돛이 됩니다

구름이 볕을 가려
그림자가 물속으로 뒷걸음쳐
숨어 버립니다

앉아 있는 당신 뒤로
위로하는 손길처럼 따스한
비가 내립니다

물속에 잠긴 그림자가
나무가 됩니다

당신은 없고
당신을 기억하는 내 손금 위로
새소리 가만 내려앉습니다

소사나무 아래서

정녕 누군가를 미워해야 한다면
석양 깊어 가는 소사나무 아래
바닷가 모퉁이 소사나무 숲에 앉아
미워하고픈 사람과
결코 미워할 수 없는 사랑을 불타오르게 하자
높아만 가는 하늘 분주히 지나가는 바람 아래
단 한 치도 바르게 자라지 못하는 소사나무는
찬바람 속에서 새 혀 같은 잎을 내고
제 몸 하나 붉혀 버림받은 자들 속으로 돌아가려네
이유도 없이 하늘을 나는 새들은 모르지
겨울이 오기 전 스스로를 불살라 스러지는
소사나무의 마지막이 얼마나 아름다운지
선택받지 못한 자들의 꾸부정한 어깨가
얼마나 따스하고 향기로운지
거두지 못한 가슴으로도 배고프지 않은 가을
찬바람 속에서 휩쓸리고 흔들리는 나무들도
기꺼이 어깨 기울여 한 칸의 집을 만드나니
누군가를 정녕 미워해야 한다면
어슴푸레 달빛 비치는 소사나무 숲에 앉아
저 혼자 숨죽이고 흘러가는 작은 섬 하나 바라보자

82

그 섬에 가면

그 섬에 가면
숭어처럼 떼를 지어 바다 위를 오가는
삼월 안개를 볼 수 있다
마른버짐과 꽃 먼지 푸석한 살갗을 덮어
한 줄기 바람으로 지난밤을 세수하게 하는
실뱀처럼 가벼웁게 골짜기를 넘도는
사월 달래 향을 만날 수 있다
눈이 짓무르고 귀가 먹먹한 갈매기들이
반듯한 두부모 같은 정오 위를 날다가
지쳐 어디론가 숨고 싶을 때
접힌 골짜기 구석구석 속살을 펼쳐
올팍한 단잠을 자라 한다
자신을 달래라 한다

그 섬에 가면
소중한 하루를 부두에 매어 놓고
엉키어 버린 그물 펴 가며
날줄과 씨줄 사이로 바다를 그리는
출항을 기다리는 작은 배
내 아이를 볼 수 있다

다락

늘 내다 걸어도
제대로 마르지 않는 수건의 촉감
몇 번이고 뒤집어 보지만
요만큼의 햇볕 아래선 이것도 감지덕지다

일자리 돈 되는 곳을 찾아
고향은 기억의 구석 어디에
말라 버린 반찬처럼 주기적으로 싸서 버리고
마르지 않는 옷은 다리미로 눌러 지진다

힘들 때 나를 던지듯 눕혀
바짝 다가선 천장을 쓰다듬듯 만져 보다가
벌레처럼 제자리서 몸을 뒤집고
냄새나는 책 사이 감추어 둔 비상금이나 찾아볼까

올라온 계단 아래 느껴지는 허공의 무게
다시금 내려가기 전 몸 낮추고
엎드려 보이지 않는 계단을 찾아 발을 휘저으면
툭, 살아서 나를 받쳐 주는 합판 한 장의 위로

나는 너다

과거는 지나갔고 미래는 오지 않았다
다만 현재가 이 우주와 교감을 나누기 위해
밤의 이불을 펴고 새소리로 나를 부른다
별들도 의식을 준비한다
공간은 휘어져 이 시간을 위해 출렁거리고
시간은 예쁜 주름을 만들어 바람의 날갯짓을 한다

벽들이 하나 둘씩 공간을 쓰다듬는 동안
별빛은 시간의 악보에 맞추어 하루의 노고를 치하하고
온몸의 신경들이 피부 밖으로 산책을 나오면
숨소리는 떠도는 상념들이 다치지 않고 편히 잠들 수 있게
우주를 비운다.
땅 위에서도 땅속에서도 물속에서도 하늘 위에서도
걷고 누워 있고 흐르고 날아올라
만지고 노래 부르고 쓰다듬고 날갯짓을 한다

나는 너다

'말의 이유'를 찾아서
—기억의 감각과 상실의 언어

전해수(문학평론가)

1. 시라는 '말(言)'

1996년 『문학 21』을 통해 시단에 나온 오석균은 18년 만에 첫 시집 『기억하는 손금』을 '마침내' 선보인다. 서문에서 토로한 「시인의 말」처럼 "묵"은 그의 시편들은 "두 번째 시집"을 이미 예정할 만한 "묵"은 처녀 시집으로 기록될 것이다. 스스로 "풋내"가 나고 "철이 덜 든" 까닭이라 늦된 출간 이유를 밝히고 있지만, 무수한 타(他) 신생 시집들의 발간을 떠올려 볼 때 시인의 겸손한 시작 태도가 느껴지는 대목이다.

충분히 짐작되는 일이지만 이 시집에 수록된 53편의 '겸손한' 시편들은 겨울을 지나 봄을 맞이하고 여름의 열기를 이겨 낸 가을의 "추수"(「추수」)가 18년 동안 반복되고 이어진 시간의 결과물로 여겨진다. 그래서인지 오석균 시인의 시들에는 유난히 계절의 심상이 주목되고, 계절을 통해 과거 시간을 떠올리는 '기억'의 감각들이 편물을 짓듯 씨실과 날실로 이어져 있다. 아마도 그에게 시란 '기억'이고 '시간'이며 과거 시간의 '감각'이면서 '상실'로 닿는 아련한 언어로 짐작된다. 시인이 시로 읽어 내는 잃어버린 과거 일상과 과거 시간이야말로 미래로 이어진 망망한 '이데아'의 꿈같은 '풍경'으로 작용하면서 과거 기억의 편린들이 서로의 모서리를 붙들고 마주하는 것에서 발견되는 '말' 그것이 바로 오석균의 '시'인 것이다. 다만 그의 시는 외경의 대상인 저 하늘의 '시'가 아니라 이 땅의 '말'이며, 그 '말의 이유'가 바로 시인의 지향점이면서 그가 줄곧 품어 온 '오래된' 그만의 시 세계라 할 수 있는 어떤 것으로 여겨진다.

> 나의 몸짓은 너를 잠에서 깨우고
> 우리의 언어는 땅속을 기어 나오는 굼벵이가 되어
> 바람이 흩날릴 때 껍질을 벗고
> 어느 한구석에 자라는 나무가 된다
> 가슴이 뜨거울 때
> 우는 자와 함께 우는 자가 되려 했던 우리는
> 시들지 않는 파수꾼이 되고자
> 밤잠을 하얗게 새우기도 한다
> 가슴속에 밀려오는 땅거미 같은 그림자보다는
> 어쩔 수 없이 사랑했던 말의 이유가 있어
> 시는 죽지 않고 하늘로 날아가나 보다

이제 맞잡은 두 손이 뜨겁기에

흩어진 열기를 모아 취하고 싶다

아니 학대라도 하고 싶다

네가 맑은 시를 읽을 무렵

별도 없는 새벽

성성한 눈발이라도

내려 주었으면 좋겠다

―「말의 이유」 전문

　　등단작이기도 한 「말의 이유」는 오석균 시의 지향점과 특징을 잘 보여 주고 있다. "나의 몸짓은 너를 잠에서 깨우고/ 우리의 언어는 땅속을 기어 나오는 굼벵이가 되어" "껍질을 벗고/ 어느 한구석에[서] 자라는 나무"가 되고자 한다는 '언어'론은 시인의 시가 도달하려는 궁극의 지점과 시어의 특징이 드러난 부분이다. 시인으로 출발한 그에게 위 시는 "우는 자와 함께 우는 자가 되"는 동감의 시학, "맞잡은 두 손이 뜨겁"게 "흩어진 열기를 모아" "취하"거나 비록 "학대"라 치부될지언정 진정한 "말의 이유"로 가 닿아 "성성한 눈발"처럼 밤을 밝히고자 한 초심이 내포되어 있다. 미약하고 비루해도 "나의 몸짓"이 "사랑했던(혹은 사랑하는) 말(시)의 이유"가 된다면 "시는 죽지 않고 하늘로" 향하게 되리라는 믿음. 다만 시의 언어는 마치 "땅"에서 기어 나온 "굼벵이"의 발자취여서 "바람이 흩날"리고 "별도 없는 새벽"을 지나 "밤잠을 하얗게 새우"는 시간을 거쳐야 비로소 잉태되며,

마침내 "맑은 시를 읽을 무렵" 우리가 사랑했던 "말의 이유"가 종국에는 시의 "나무"로 자라나게 된다는 시인의 시론이 깃들여 있는 것이다. 즉 오석균의 '시'는 일상의 '말'에서 자란 한 그루 '나무'로 표상된다. 그러므로 시인이 시를 쓰는 이유는 한 그루의 나무를 심고 키우듯 은은하고도 잔잔하나, "가슴이 뜨거"워지는 생명의 움틈처럼 일상의 사소한 "말"에서 뿌리를 내리고, 잎을 돋우는 "나무"와 같은 새 생명의 언어를 지향하는 것이라 할 수 있다.

> 내가 왜 나무야 나는 아니야
> 커야 되는데 크지도 못하는 내가 왜
> 새도 아니야 바람도 아니야
> 하지만 나무일 순 없어 나무는 사시사철 크지 않으면 안 돼
> 비가 오면 비를 맞고 눈이 오면 다소곳이 흔들릴 수는 있
> 지만
> 꺾어지고 부러질 수는 있지만
> 해가 뜨고 져서 삼백예순 밤 다 지나기 전
> 네 배 속에 검은 줄 하나쯤은 그어야 할 걸
> (…중략…)
> 네 어미가 너를 낳았을 때부터 썩어져 흙이 되기까지
> 물 위에 둥둥 떠다니거나 갱 속에서 주검들과 조상을 같
> 이해야 돼
> 날고 싶다고 크고 싶다고
> 마음대로 날 수 없어 마음대로 클 수도 없어

너는 나무야 크지 않는 나무야

아냐 나무가 아냐

나무야

나무야

—「나무」 부분

 그러나 하나의 "나무"가 되기 위해 겪어야 하는 인고의 시간과 순간들은 마치 나무이기를 부정하는 혹은 부정당하는 일만큼이나 간절하고도 아프다. "내가 왜 나무야 나는 아니야"라고 토로하는 강한 자기 부정성은 위 시의 마지막 구절에 드러난 자기 염원 이를테면 "나무야/ 나무야"와 대치되면서 강한 긍정의 신념을 내포하고 있다. 하나의 나무이기를, 하나의 나무가 되기를 간절히 바라고 있는 시인의 열망은 실로 뼈아픈 동통과 소심한 자기 발견을 동반한다. "커야 되는데 크지도 못하는 내가" 나무일 순 없다는 자기 비하와 자기 부정성이야말로 "너는 나무야 크지 않는 나무야/ 아냐 나무가 아냐/ 나무야/ 나무야"에서 상치되는 분열적 자기 연민을 거쳐서 하나의 '나무'로 마침내 성장한다. 그러나 '시'의 세계에 진입했으나 포섭되지 못하고 떠도는, 마치 나무로 낙착되어 씨를 뿌렸으나 나무로서의 자긍심이 부족하다고 느끼는 자기 불신과 자기 연민의 감정에 충돌하고 무너지게 된다. 그것은 시인이 시인으로 살아온 18년의 시간 속에서 시인이 아닌 생활인으로서 겪은 잃어버린 시적 자의식에 대한 반성을 일깨우는, '상실'의 언어를 품을 수밖에 없었던, 시인으로서의 자의식을 시간에 담보한 채, 끊임없는 '말(시)의 이유'를 찾아 나서게 된 이유이기도 한 것이다.

2. 계절의 심상과 기억을 부르는 감각

그러한 이유로, 오석균 시의 언어는 말의 이유를 찾아 나선 '계절의 심상'이 시의 원동력으로 작용한다. 고추잠자리, 장마, 추수, 비, 타작, 첫눈 등 뚜렷한 계절의 변화와 관련된 시어는 오석균 시의 도입을 열고 시 세계(주제)로 이동하는 자연의 상관물 이상의 의미를 지닌다. 봄(「봄에 쓰는 편지」 「봄 바다」 「봄밤」), 여름(「여름, 시지프스의 고뇌」), 가을(「가을 산행」 「가을이 사람에게」 「가을 아침」) 등 계절 명(名)을 직접적으로 시제로 사용한 시편들이 다수 눈에 띄는 것도 이러한 계절의 심상이 오석균 시의 많은 부분을 차지하고 있음을 보여 주는 일면이다. 그런데 계절의 흐름에 민감하게 반응하는 시인의 시적 감각은 바로 '기억'에 기인하고 있다는 점에 주목해야 한다.

어디 있을까 수제비 그릇 안에
허기진 저녁 해 담아 보내던 어린 시절
아침은 비딱하게 달아진 구두로 비척거리며 아버지를 내
몰고
우리는 그 옆에 서서 어머니의 고쟁이 속주머니가

두꺼비 뱃가죽처럼 터져 나오길 기다렸는데
비가 올 것 같은 날은 없는 우산이 먼저 집을 나섰고
내려다보이는 더러운 발등이 싫어
젖어 오는 바지 밑동으로부터 힘껏 달음박질을 쳐 댔지

흙더미 아래 누워 웃는 마른 가슴의 아버지
아직 이 세상을 어떻게 살아가야 할지 몰라
빈 소주잔을 앞에 놓고 얼마나 그리워하는지 아시나요

떨어져 나오지 않았으나 차단당한 섬
손아귀 가득한 힘으로 부여잡고 버티는 이 순간
당신은 그곳에 출렁이고 바람은 가로질러 지나가는데
오늘도 투덕투덕 걸어와 가슴 한켠을 두드려 대는 소리

오롯이 내려다보는 눈길들

—「장마」전문

　　장마철이면 기억나는 어린 시절의 "비척거리"는 아버지
와 "어머니의 고쟁이 속주머니" 그리고 "수제비 그릇 안에/
허기진" 유년의 "바람"과 "젖어 오는 바지 밑동"에 대한 '기
억'은 빗"소리"에 실려 과거 시간 속에서 한없이 "출렁"인
다. 오석균 시의 '기억' 혹은 '기억의 감각'은 이처럼 계절을
타고 흐른다. "마른 가슴의 아버지"와 "어머니의 고쟁이 속
주머니"가 "투덕투덕 걸어와 가슴 한켠을 두드려 대는 [빗]

소리"(청각)로 다가오는 여름 장마에 대한 감상은 젖은 "눈길들"로 각인되어 "가슴 한켠을 두드려 대는" 그 빗소리에 의해 되살아난 것이다. "이 세상을 어떻게 살아가야 할지" "빈 소주잔"에 "출렁이"는 자의식은 "차단당한 섬"처럼 "손아귀 가득한 힘으로 부여잡고 버"틴 과거 시간의 파편이 '장마'로 인해 과거 기억의 감각을 일깨우고 그 찰나적 노정에 다다를 때, 시인은 "가슴 한켠을 두드"리는 젖은 "눈길들"(비)에 과거 기억의 자리를 내주고 있는 것이다.

> 그해 여름 두 손 찌른 채 방황하던 내 청춘
> 정석과 종합영어로 다 찬미하지 못하던 신의 마음 헤아려
> 비 내려 차가운 아스팔트를 걷고 또 걸었다
> 은밀히 가꾸어 오던 수음과
> 막걸리에 취한 목소리로 휘저어 버린 시와 노래
> 밤은 최루탄보다 더 몽롱하고
> 그리운 마음들을 대신하던 변증법적 자학의 이중성
> 기다리자 오늘이 가면 결코 오지 않겠지
> ―「여름, 시지프스의 고뇌」 부분

    그에게 기억되는 여름은 이처럼 청각에서 촉각을 느끼게 하고, 기억을 반추하는 과정을 거쳐서 되살아난다. "비 내려"(청각) "방황하던" 차가운 "청춘"의 "수음"(촉각)을 통해 혹은 "시와 노래"를 향한 예술적 이상향은 미래에의 "몽롱"함과 현실의 "이중성" 사이에서 '고뇌'를 경험하고 "오늘이 가

면 결코" 다시는 이런 방황의 시절이 되풀이되지는 않을 것이라는 불분명한 '자위'로 점철된 '청춘'을 기억하게 하는 것이다. 그러나 청춘의 계절은 "시지프스"의 고뇌처럼 정답을 찾지 못하고 언제나 성과 없이 제자리걸음이다.

해 멀어져 가는 계절 모두 일어나
기나긴 시간 속 습관처럼 버려두었던
껍질을 벗다

격정의 노도가 물밀 듯 뒤 찾아오는 것은
용서할 수 없는 자들을 용서하기 위하여 피어난
새들조차 날지 않는 가을
녹두꽃처럼 푸른 하늘
참고 견디어야 할 갈증
헐벗은 몸 가리지 않고 꺼져 가는 등불 아래 지키는
전야의 적막
날마다 세뇌되었던 그리움을
거부하는 오늘
햇볕 많은 들판의 껍질 앞에
삽과 곡괭이를 들다

—「추수」 전문

시인에게 여름을 견딘 '가을'이란 "기나긴 시간 속 습관"의 "껍질을 벗"는 "햇볕 많은 들판의 껍질 앞에/ 삽과 곡괭이를" 드는 "격정의" 계절과도 같다. 요컨대, '가을' 역시도 시인에게는 풍요로운 시간은 아니며 "격정의 노도가 물밀 듯 뒤 찾아오는" "전야의 적막" 같은 "갈증"이 존재한다. 그렇다. "새들조차 날지 않는 가을"에 무얼 할 수 있겠는가. 시인은 "삽과 곡괭이를 들"고 "들판의 껍질 앞에" 섰지만 "해 멀어져 가는 계절"에 "녹두꽃처럼 푸른 하늘"을 "참고 견디어야" 한다. 시간의 "그리움"을 견디는 것, '가을'이 '그리움'의 계절과 다르지 않게 인식된 이유라 할 수 있다.

> 시간을 한 덩이 덜어 내어 침묵을 샀습니다
> 헌 책장 넘기듯 바람이 나를 빗어 댑니다
> 해 질 녘 뉘엿뉘엿 돌아가는 길로
> 다시금 출렁이는 그리움의 바다에 떠밀려
> 몸이 부르르 떨립니다
> 알록달록 접었다 편 책갈피 속에 잠자던 꿈
> 그간 잘 있었냐고 묻습니다
> 희망 저쪽은 두려움이냐고 묻습니다
>
> —「산길을 걸으며」 부분

하여 시인에게 시간의 흐름을 느끼게 하는 계절의 '변화와 이동'의 반복은 "출렁이는 그리움의 바다에 떠밀려" 몸을 "부르르 떨"게 하는, 자연 섭리 그 이상의 '상실'감을 직면하게 한다. 계절의 심상은 이처럼 지나온 시간의 영속 속에서 "침묵"의 '기억'을 부르는 감각으로 작용한다.

3. 기억과 상실의 변주

이렇듯 오석균의 시는 계절의 시간을 내정하고 있는 기억의 감각 못지않게 '상실'의 이미지 역시 매우 중요하게 자리 잡고 있다.

> 앉아 있는 당신 뒤로
> 위로하는 손길처럼 따스한
> 비가 내립니다
>
> 물속에 잠긴 그림자가
> 나무가 됩니다
>
> 당신은 없고
> 당신을 기억하는 내 손금 위로
> 새소리 가만 내려앉습니다
> —「약간의 새소리뿐 빗소리는 비 올 때뿐」 부분

'부재'는 '기억'과 '그리움'을 동반한다. 추적추적 비가 내리고 빗소리에 당신이 없는 것을 깨닫는 이 순간 "당신을 기억하는 내 손금" 사이로 빗소리마냥 "새소리"가 들리는 듯 환청에 사로잡히는 것은 "위로하는 손길처럼 따스한/ 비가 내"리기 때문이다. 오석균의 시에서 기억은 소리(청각)로부터 온다. 비는 '빗소리'가 되어 "새소리"를 부르고 "당신을 기억하는" "손길"은 '빗소리'에 가 닿는다. "손금"을 타고 흐르는 "따스한/ 비"(촉각)는 "당신을 기억"해 내는 "약간의 새소리"(청각)로 "손금"을 타고 흘러내린다.

> 하루 종일 걸어도 빈자리가 없다
> 고단한 등뼈처럼 가파른 고갯마루
> 길옆에 쭈그려 앉으니 어깨 살이 떨려 온다
>
> 어제는 옆에 자던 사람이 일어나지 않는다
> 한자리에서 나뉜 삶과 죽음의 길
> 눈뜨고 있는 사람 옆에서 눈감아 버리듯
> 눈감은 사람 옆에서 눈을 뜬다
> 펄럭이는 신문지 속에
> 하루가 저물어 간다
>
> 공장 굴뚝 연기로 더욱 붉은 노을은
> 아직 갈 길 먼 예순여덟 울 엄니 손가락의
> 으깨어진 젖 봉숭아 꽃잎 무덤
>
> —「노숙하는 시 2」 전문

"빈자리"를 구하는 시인의 시는 "노숙하는 시"를 자청한다. "한자리에서 나뉜 삶과 죽음의 길"처럼 그에게 시는 "눈감은 사람 옆에서 눈을" 뜨는 언어(말)인 것이다. 그러나 이 언어는 희망적이지는 않다. 일상의 '말'에서 "하루가 저물어"

가는 "고단한 등뼈"로 "하루 종일 걸어도 빈자리"를 찾지 못하는 '상실'의 언어로 인식된다. "펄럭이는 신문지 속에" "공장 굴뚝 연기로 더욱 붉은 노을"을 기억하는 "예순여덟" "저물어" 가는 "엄니 손가락의" 붉은 "젖 봉숭아 꽃잎 무덤"으로 기억되는 "삶과 죽음의" 가깝고도 먼 거리만큼이나 기억의 감각들은 상실의 언어를 통해 완성되고 있는 것이다.

아직 전기가 들어오지 않았던 의당국민학교 6학년
박석고개를 자전거를 끌고 넘던 우체부 아저씨는
고무신을 들고 집으로 가는 우리를 불러 모아
이웃집 편지를 어깨에 맨 책보에 넣어 주었다

대추는 아직 작고 파래
아카시아꽃은 진즉 떨어진 여름
입과 손가락은 온통 칡뿌리를 씹고 빨고 뱉느라

(…중략…)

나는 못 잊어도 너는 잘 잊고
나는 아파도 너는 잘 지내다가
이 글을 쓰는 것은 유리병 속에 편지를 넣는 것 같지
그리고 바라지
너의 집에 가 닿기를
　　　　　　　　—「죄책감을 없애는 일곱 가지 방법」 부분

시인은 과거 시간을 잘 잊지 못하는 자신에게 "죄책감"을
느끼고 오랜 "편지" 배달부의 심정이 되어 "어깨에 맨 책보"
보다도 오랜 "유리병 속에 편지를 넣"고는 닿지 않는 사연
이 배송되기를 헛되고도 헛되게 갈망한다. 이 헛된 갈망이
'너(세계)'와 '나'의 다른 점이며 오석균 시가 지닌 '상실'의 진
면목이라 할 수 있다. "아카시아꽃은 진즉 떨어진" 지 오래
인 "여름"철 작렬하는 태양빛에도 "대추는 아직 작고 파래"
서 "책갈피에 끼인 편지는 몇 날 며칠 책보에서" 전달되지
못한 채 죄를 짓고 있는 것이고 "너의 집에 가 닿기를" 바라
는 나의 사연은 실상 너의 안부를 묻는 것에 지나지 않기에,
"나는 아파도 너는 잘 지내"고 있음을 짐작하기에, 영원히
"유리병 속"에 그 사연은 머물 것이 자명하다. 그것은 내
"죄책감"을 잊는 "일곱 가지 방법"이 모두 담긴 단 하나의 방
식(고백)과도 같은 것이어서 나의 '상실'감은 결코 "죄책감"
이 되지 않을 것이란 확신이 들게 한다.

> 나 미처 깨닫지 못하는
> 사월의 가난한 몸짓 아래
> 상처 하나 없이 용서한 하늘
>
> 간간이 목말라하면서도
> 아무것도 소유치 못했던
> 재뿐인 가슴

삶의 여정 속에
지나간 많은 새들

마지막 눈길 스치는
하늘 모퉁이

―「낮달 2」 전문

이제 시인은 "낮달"에 눈을 돌린다. "아무것도 소유치 못
했던/ 재뿐인 가슴"을 위무하면서 지난 "삶의 여정"을 이
한 권의 시집으로 아우르고 "마지막 눈길 스치는/ 하늘 모
퉁이"에 시선을 내려놓으려 한다. "사월의 가난한 몸짓"처
럼 사월, 청명한 이 계절에 처녀 시집을 부려 놓고는 "지나
간 많은 새들"의 노랫소리를 "하늘 모퉁이"에 걸어 두려 한
다. "낮달"처럼 생경하나 도무지 잊을 수 없는 기억의 감각
으로 잃어버린 말을 찾아 "하늘"의 시선을 조용히 응시하
려는 듯.